For Jason, my forever friend
~CF
For Anna, with all my love
~BC

Text Copyright © 2007 by Claire Freedman
Illustration Copyright © 2007 by Ben Cort
Published by arrangement with Simon & Schuster UK Ltd
1st Floor, 222 Gray's Inn Road, London, WC1X 8HB
A CBS Company

Dual language text copyright © 2011 Mantra Lingua
Audio copyright © 2011 Mantra Lingua
This edition 2011 All rights reserved
A CIP record for this book is available from the British Library
Mantra Lingua, Global House, 303 Ballards Lane, London, N12 8NP

www.mantralingua.com

Hear each page of this talking book narrated in many languages
with TalkingPEN! Then record your own versions.

Touch the arrow below with the TalkingPEN to start

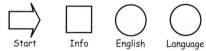

Start   Info   English   Language

Os Extraterrestres Adoram Cuecas
Aliens Love Underpants

Claire Freedman & Ben Cort

Portuguese translation by Teresa Dangerfield

Mantra Lingua

Os extraterrestres adoram cuecas,
De todos os feitios e tamanhos que há.
Mas no espaço não há cuecas,
Isso nós sabemos já…

Aliens love underpants,
Of every shape and size.
But there are no underpants in space,
So here's a big surprise…

Quando os extraterrestres vêm à Terra,
Não é a TI que eles querem ver…
Só querem as tuas cuecas –
Ficas agora a saber!

When aliens fly down to Earth, they don't come to meet YOU…
They simply want your underpants - I'll bet you never knew!

Se há uma corda cheia de cuecas,
Flutuando com a brisa,
Logo o radar da nave deles,
Apitando e piscando, os avisa.

Their spaceship's radar bleeps and blinks the moment that it sees
A washing line of underpants all flapping in the breeze.

Aterram no teu jardim,
Mesmo sem serem convidados.
— Oooooh, CUECAS! — põem-se
A cantar e a dançar, maravilhados.

They land in your back garden, though they haven't been invited.
"Oooooh, UNDERPANTS!" they chant, and dance around, delighted.

Gostam de cuecas vermelhas,
De verdes, ou das de cor das tangerinas.
Mas mais do que tudo adoram
As culotes da Vovó, às bolinhas.

They like them red, they like them green, or orange like satsumas.
But best of all they love the sight of Granny's spotted bloomers.

As cuecas com folhinhos, da Mamã,
Para se esconderem são ideais
E com as ceroulas de lã, do Vovô,
fazem escorregas super geniais.

Mum's pink frilly knickers are a perfect place to hide
And Grandpa's woolly longjohns make a super-whizzy slide.

In daring competitions, held up by just one peg,
They count how many aliens can squeeze inside each leg.

Em concursos perigosos,
Só com uma mola a prender,
Contam quantos extraterrestres
Em cada perna vão caber.

Usam cuecas nos pés, na cabeça
E onde mais as podem enfiar.
Atiram com elas da nave e fazem
Corridas de cuecas de pernas para o ar!

They wear pants on their feet and heads and other silly places.
They fly pants from their spaceships and hold Upside-Down-Pant Races!

Quando zum-vum, lá vão pelo ar,
É mesmo cuec-ástico.
Como os extraterrestres se divertem
Com cuecas, puxando pelo elástico!

As they go zinging through the air,
It really is pants-tastic.
What fun the aliens can have
With pingy pants elastic!

Não, não foi o malandro do cão do vizinho,
Nem partida lá do lado.
Quando desaparecem cuecas,
Algum EXTRATERRESTRE é que é o culpado!

It's not your neighbour's naughty dog, or next-door's funny game.
When underpants go missing, the ALIENS are to blame!

But quick! Mum's coming out to fetch the washing in at last.
Wheee! Off the aliens all zoom, they're used to leaving fast...

Mas depressa! Vem aí a Mamã
Apanhar a roupa, finalmente.
Zum! Zuuum, lá se vão os extraterrestres
Com toda a rapidez, como habitualmente…

Por isso, quando lavadinhas e fresquinhas,
As cuecas fores vestir,
Vê bem se lá dentro, escondido,
Algum extraterrestre vais descobrir!

So when you put your pants on, freshly washed and nice and clean,
Just check in case an alien still lurks inside, unseen!